¶ Sensuit la vie et legende de sainct fiacre en brie.

¶ Tout ainsi comme laigle instruit
Ses petis poucins a voler
Au contre du soleil qui luyt
Penetratiuement en ler
Se nous voulons lassus aller
Du royaulme de paradis
Les sainctz nous deuons appeller
Et suyure leurs faictz et leurs dicts.
¶ Pourtant esse chose decente
Les sainctz de paradis congnoistre
Et leurs oeuures Car cest la sauce
Que nous peult en paradis mettre
Si me suis voulu entremettre
En lhonneur de la trinite
De descrire la vie par mettre
Dung sainct de grant auctorite
Cellui sainct fiacre est nomme
De dieu confesseur et hermite
tresglorieux et renomme
Comme sa legende recite
tant est de lui grant le merite
Que pour le descrire du tout
tant est ma science petit
Que venir nen scauroye about
Mais a mon simple entendement
Aulcunement en parlere

Priant le doulx sainct humblement
Quil prenne en gre ce que fere
Premierement ie descrire
Qui y fut de quelle lignie
Et puis apres ie touchere
De sa tresglorieuse vie
¶ Sainct fiacre fut filz dung cōte
Qui tenoit soubz lui ymbernie
De quel chascun tenoit grant conte
Pour lhonneur de sa seigneurie
Qui depuis moult fut ennoblie
Par la vie benoiste de fiacre
De quoy vesquit ou pais de brie
Son glorieux enfant fiacre
¶ Fiacre le bon cōfesseur
Qui selon raison naturelle
Debuoit estre le successeur
De la seigneurie paternelle
Pour auoir la gloire eternelle
Renunca meuble et heritaige
Et tout glore temporelle
Pour se rendre en vng hermitaige
¶ Bien instruit fut en sa ieunesse
Selon la loy en grant doctrine
Mais dieu qui ses amis ne lesse
Par inspiration diuine
Imprima en lui la racine
De science tant que lenfant
En la gloire qui ne define

Est de cest henre triumphant
Son cueur a dieu du tout donnoit
Son penser son intelligence
Et par penitance ieunoit
Souuent.et faisoit abstinence
De chastete decontinence
Ce fut la fleur et paraige
On le veit par experience
Quant il renunca mariage
Tousiours deuotement prioit
Jhesus pour sa saluation
Jamais ou bien petit ne rioit
Ne prenoit iubilation
Mais tousiours en deuotion
Estoit vers dieu ou il pensoit
Et de cest condition
Son pere fort se esbahissoit
Si luy dist son pere vne fois
Mon filz ie mesbahi comment
Veu que tu es doulx et courtois
Et as des biens habundamment
Pour fair ton commandement
Que tu nes point a petitif
De prendre aulcun esbatement
Sans estre tousiours si pensif
Adonc fiacre respondit
Chier pere ie prendray plaisance
Mais que vous faces ce edit
Que la mort nait point de puissance

De fraper de sa dure lance
Aussi tost les ieunes que vieux
Si vous le faictes sans doubtance
Je me tendre miste et ioyeulx
Le pere respõdit adoncques
Cest edit faire ne pourroye
Que faire nous ne veismes oncques
Mais se faire ie le pouuoie
Tres voulentiers ie le feroye
Mais il nya nul qui ne scache
Quant vne fois la mort se auoye
Que aussi tost meurt veau comme vache
Or donc dist fiacre beaupere
Toutesfoys quil vous souuient
De la mort qui tant est amere
Donc esse que plaisir vous vient
Puis que vne fois morir conuient
Fol est qui ne pense de lame
Quant est du corps terre deuient
Soit de noble homme ou gentil fame
Pourtant quant a la mort ie pense
Et ne scay que deuiendray
Je mesbahi par quelle essence
Les plaisirs mondains ie prendre
Je iray.iamais ne reuiendre
Et ne scay ou ie doy aller
Pource pere ie me abstiendre
De gaudir et de caroller
Quant le conte entendu

De fiacre tout le couraige
Moult fut dolent et esperdu
Si se pensa que a mariage
Une fille de hault lignaige
Fille de conte et de contesse
Lui donneroit. Mais lenfant saige
Ne voulut faire la promesse

¶ Deuant lui vint la damoyselle
Disant escuier franc et doulx
Receue moy pour vostre ancelle
Et que vous soies mon espoux
Je ne suis pas digne pour vous
Mais ie vous sere seruiteure
Soit le traitie fait entre nous
Je vous en requier a cest heure

¶ Fiacre respondit: ma belle
Ma voulente ie vous dire
Sans vous en mentir qui est telle
Que iamais ie ne me marire
En chastete dieu seruire
Mais ma belle ie vous mercie
De ce que maues desire
Auoir en vostre compaignie
¶ Oultre dist fiacre pucelle
Gardes vostre virginite
Car cest vne fleur tresfort belle
Que viginalle integrite
Le peche de charnalite
Souuentesfois les gens abuse
Combien que par honnestete
Selon mariage on lexcuse
Honteuse fut la pucellete
Quant elle se veit escondite
De la demande que auoit faicte
Pourtant sen retourna bien vite
Et fiacre se mist en fuyte
Pour passer la mer et les eaux
Affin de se aller rendre hermite
Du pays de brie aupres de meaulx
¶ Tantost du lieu fut eschappe
Fiacre qui la mer passa
Et de lamour de dieu frape
Tant alla et tant pourchassa

Que a meaulx la cite adressa
Vers sainct pharon le deuot prestre
Auquel son estat confessa
Et lui donna tout a congnoistre
¶ Moult fut leuesque resiouy
Et loua dieu deuotement
Apres que lenfant eut ouy
Parlant a lui si saigement
Cognoissant que diuinement
Estoit enuoye en ce lieu
Affin dy viure sainctement
Et faire le plaisir de dieu
¶ Sainct pharon voiant la maniere
De fiacre et gouuernement
Lui faisant tousiours bonne chiere
Et le nourrissoit doulcement
Pensant que successiuement
Il le feroit de meaulx chanoyne
Ou linstitueroit mesmement
En la dignite souueraine
¶ Fiacre fut par aulcuns temps
Faisant a sainct pharon seruice
Et estoit de lui bien contens
tous chascun selon son office
Plus simple que vng petit nouice
Volentiers a chascun seruoit
tousiours pensant au sacrifice
Lequel a dieu faire debuoit
¶ Si fut vng iour que solitaire

Estoit pharon le bon pasteur
Lors fiacre son secretaire
Et tres familier seruiteur
Lui dist pere gubernateur
De ceste tresnoble cite
Sil vous plaist souuerain docteur
Je vous diray ma volente

Vray est que ie suis bien certain
Qui veult contemplatiuement
Viure. doit tout estat mondain
Laisser et solitairement
Prier dieu. car mondainement
A peine dieu seruirons
Car le monde est totalement
Plain de toutes illusions

Son cher pere souuent se desplaisoit
Qui ne scauoit comme se procurer
Pour recouurer son filz et retirer
Qui sen estoit fouy et absente
Et ne vouloit plus ou pais demeurer
Aiant en dieu parfaicte volente
¶ Par plusieurs pais fist le pere enquer
Sil en pourroit auoir quelque nouuelle
Car de douleur estoit pres q̃ au mourir
Aussi estoit la ieune damoiselle
Qui dessus mer fist mettre vne nacelle
Pour la passer et la passa defait
En esperance quil veinst deuers elle
Enseignement de son amy parfaict
¶ Maint lieu renõme mainte fille ville
Par normendie et par france
Alla la pucelle gentille
Pour auoir quelque congnoissance
De cellui que grant esperance
Auoit de trouuer et remettre
Et tel point et telle ordonnance
Que son espouse voulsist estre
¶ Ce pendant quelle se enquestoit
De fiacre a toute puissance
Le bon sainct la haire vestoit
Nuict et iour faisant penitance
Pain et eaue pour toute substance
Prenoit sans aultre nourriture
Non pas trop mais a suffisance

Seule pour ſouſtenir nature
Tant fut parmi celle contree
De brie et du pais de meaulx
La vie ſainct fiacre monſtree
Que tors boſſus bornes meſeaulx
Gens malades de diuers maulx
Folz enragies demoniacles
Venoient a lui a grans monceaulx
Pour cauſe quil faiſoit miracles

Les aueugles illuminoit
Venans a lui a grant plante
Bref chaſcun a lui venoit
Malade recouuroit ſante
Or eſtoit le lieu tant plante
Darbres que aprocher ne pouuoient
Les gens qui de chaſcun coſte

Vers lui querir sante venoient
Adoncques pour le lieu acroistre
A meaulx retourna vitement
Fiacre vers pharon son maistre
Auquel il pria humblement
Quil lui donnast tant seullement
De terre ce que fossoier
Lui mesme personellement
Ung iour pourroit sans aultre ouurier
Sainct pharon. lors lui octroya
Volentiers et de bon courage
Ce dequoy il le supplia
Pour acroit son hermitaige
Lors commenca faire louurage
Fiacre tenant en sa main
Une besche. lors boscage
Commenca tumber tout aplain
Tout ainsi que fiacre ouuroit
Deuant lui les arbres cheoient
Sans fraper. la terre se ouuroit
Et les grans fosses si faisoient
Les grans roches se reculoient
Deuant luy pour lui faire voye
Bref tant de vertus si monstroient
En celui iour que cestoit ioye
¶ La vint une femme boiteuse
Laquelle fut moult esbahie
De veoir la chose merueilleuse
Qui ce faisoit celle partie

Et comme sote et estourdie
Dist a fiacre. mal sera
Content. ie le vous certiffie
¶ Leuesque quant ceci scaira
Tous les arbres de sa forest
Abates ou faictes abatre
Sil scauoit bien ce qui en est
Penses quil le viendroit debatre
Cest asses pour vous faire batre
Pourtant nen faictes plus beausire
Car ains quil soit des heures quatre
Soyes seur que ie luy ray dire
¶ Lors la meschante malheureuse
Voyant les miracles moult beaux
Non obstant quelle fust boiteuse
Sen alla vitement a meaulx
Par atrauers champs et hameaulx
Sen alla la vielle desuee
Qui de fiacre dist des maulx
Moult quant elle fut arriuee
¶ Sire dist elle a sainct pharon
Jay trouue emmy vostre bois
Du brueil vng meschant boscheron
Qui tout destruit cest vne foys
Il en abatroit plus que troys
Et qui plus lui endurera
Soies seur que deuant vng moys
Tout vostre boys desertera
¶ Quant leuesque leut entendue

La chose qui lui racontoit
La boiteuse vers lui venue
De fiacre qui abatoit
Le bois pour scauoir que cestoit
Partest de meaulx et sen alla
Au beneil. veit que vray estoit
Ce dont la boiteuse parla
Gens auoit pharon apres soy
Ainsi que vng prelat doit auoir
Qui par ordre et en bel arroy
En ce bois vindrent arriuer
Lors fiacre qui son debuoir
Auoit fait defossoier terre
Le long du iour a son pouuoir
Se sist dessus vne pierre
Adonc quant leuesque arriua
Sus le lieu en belle assistence
Le bon fiacre se leua
Pour fair la reuerence
lors congneust par experience
Pharon le bon seigneur desglise
Que la diuine prouidence
Auoit celle chose permise
Pourtant aultre chose nen dist
Mais loua dieu deuotement
Adonc fiacre se rassist
Sus sa pierre ou mollement
Fut assis car diuinement
la pierre fut amollie

Plus que plume. lors clerement
Congneut chascun sa saincte vie
Ce veu. sainct pharon retourna
A meaulx qui moult estoit ioyeux
De ce que sa terre donna
A fiacre le vertueux
Qui lieu desert et umbragenx
Par oeuure de diuinite
Auoit faict lieu miraculeux
Et plain de toute dignite
Ainsi fut la terre deserte
En vne petit saison
Qui maintenant est bien couuert
De mainte belle maison
Par la priere et oraison
De fiacre qui dieu pria
Seullement car aultre raison
De si grant ouurage nya
Mais la faulce boiteuse infame
Vng trop grant crime perpetra
Enuers dieu. car oncques puis femme
Dedens la chappelle ne entra
Fors vne. sus qui dieu monstra
Vng grant miracle par expres
La venture au long se mettra
Comme nous verrons cy apres
Ainsi sus la boiteuse folle
Fut vengeance de dieu assise
Mais la pierre qui fut molle

Encore est el dedens leglise
Non pas quelle soit en tel guise
Nolle quel fut quant de aduenture
El fut soubz sainct fiacre mise
Car tantost apres reuint dure
¶ Or est donc ainsi que les femmes
Nentrent point dedens la chappelle
Tant soient puissant et grant dames
La condānation fut telle
Toutesfois vne damoiselle
Cuidant que de ce ne fust rien
Fist entrer dedens son ancelle
Mais aussi dieu la pugnit bien

Si tost que lorguilleuse et fiere
Par orgueil et presumption

Eut fait entrer sa chamberiere
La diuine pugnission
Cheat par telle condicion
Que loeul destre ne veit goute
Et pour plus grant confusion
Folle et enragie deuint toute
Ainsi fut celle chose faicte
Pour tout vray cest chose certaine
Et si neut la poure fillet
Nul mal. mais issit toute sainne
Par la puissance souueraine
Qui ainsi le voulut monstrer
Et cheut tant seullement la paine
Sus celle qui li fist entrer
Par ainsi dont est interdite
La chapelle et sainct oratoire
De fiacre le bon hermite
Dont nous debuons faire memoire
De ses fais parleron encore
Plus aplain mais ains que ce soit
Nous retournerons a listoire
De la fille qui la cherchoit
La fille dont auons parle
Moult courousse et desplaisante
Alla tant par long et par le
Tousiours de fiacre parlante
Et a toutes gens enquerante
Que vng preudhomme lui dit pucelle
Ne vous soussies ie me vante

De vous en donner bien nouuelle
Helas dist la fille preudhomme
Dictes men ce que vous scaires
Et de moy ares telle somme
Dargent que vous demanderes
Taises vous mampye vous laires
Ce dit le bon homme en peu dheure
Auecques moy arriueres
En lermitaige ou il demeure
¶ Lors ensemble eulx deux cheminerent
Le bon homme et la fille saige
Si longuement quilz arriuerent
Au bois ou estoit lermitage
Si alla faire le message
Le bon homme a fiacre auant
Que la pucelle au beau corsage
Se vint presenter deuant

¶ Quant sainct fiacre ouyt
Le bon homme il fut espouente
Si tourna ses yeulx en ler
Disant par grant humilite
Dieu tout puissant en trinite
Trois personnes en vnion
Je te requier en charite
Exaulse ma peticion
¶ Bien scay que ceste ienne dame
Fille de conte et de contesse
Veult que la prendre pour femme
Je luy voise faire promesse
Et que ton seruice delesse
Si te requier mon dieu pouruoye
A mon faict quel ne me congnoisse
Pose le cas quelle me voie
¶ Car bien scay quant elle me verroit
Et me congnoisteroit en la face
Que instantement me requerroit
Que auec elle men retournasse
A celle fin que lespousasse
Que ie ne vueil par aulcun point
Si te suppli dieu de ta grace
Quel ne me congnoisse point
Si tost que sainct fiacre eut faicte
Son oraison sa corpullence
Plaine de fis fut et infaicte
Si quil ny auoit apparence
Que lui fust par aulcune essence

Car dessus son corps place neut
Ou il ny eut mal: et en ce
La pucelle le descongneut
Lors commenca dire en plorant
La fillet moult desollee
Las que feray le demeurant
De ma poure vie adollee
Par qui seray ie consollee
Jay pour neant mon corps greue
Qui tant suis venue et allee
Et nay point mon amy trouue
Las fiacre mon chier amy
Je voy bien que ce ne este mie
Pour toy nauray iour ne demi
Plaisir tant que seray en vie
Ha a dist fiacre doulce amie
Cellui suis que vous demandes
Mais ma doulce seur ie vous prie
Que a moy plus ne vous actendes
Pour moy aues prins moult de paine
Je le scay bien certainement
Pour la grant amour souueraine
Dont vous me ames parfaictement
Mais amer naturellement
Ne sera point que de ce lieu
Jamais ie parte aulcunement
Ce nest pas le plaisir de dieu
Pas ne lui plaist ien suis certain
Bien la monstre vous le voyes

Quant mon corps est de fis tout plain
Affin que cure nen ayes
Si vous pry que vous auoyes
A retourner oultre la mer
Et dung aultre vous pouruoyes
Belle ie ne vous puis amer
Je ne dis pas que ie vous haye
Et aussi raison nest ce pas
Mais amer tant que ie vous aie
Pour femme ce nest point mon cas
Perdu aues voire pourchas
Mais dieu vous doint trouuer moyen
Daller tant par hault et par bas
Que vous recouures vostre bien
¶ Lors la pucelle moult dolent
Du bon fiacre print licence
Qui defaillit a son entence
Suffroit au cueur douleur immense
Et ne fut ont en sa science
De le congnoistre aulcunement
Tant estoit en grant decadence
Et malade villainement
¶ Tant la pucelle chemina
Plaine de douleur tresamere
Quen sa region retourna
Or fut de fiacre le pere
Pareillement aussi la mere
Qui eurent il nen fault doubter
Dedens le cueur douleurs austere

Quant son fait ouyrent conter
¶ Ha a dist le pere doulce seur
Vous soies la bien reuenue
Scaiches que iay moult grant douleur
Que aies vostre painne perdue
Se fiacre vous eut voullue
Prendre pour femme a mariage
La plus grande ioye en eusse eue
Qui entrast onc en mon couraige
¶ Dieu par sa grace regarder
Le vueille et en compassion
De malle aduenture garder
Jay pour lui mainte affliction
Denfans que lui nous nauion
En lui seul ie me consoloye
Mais bien voy sans remission
Que iay perdu toute ma ioye
¶ Joye et plaisir auons perdus
Ma femme et moy plus nen airon
Poures dollens et esperdus
Nostre vie defineron
Et de plorer ne fineron
James desplaisir nous oppresse
Car iames ne recouureron
le chateau de nostre liesse
¶ Helas nous debuons bien en dueil
Disoit la mere souspirer
Quant nostre enfant qui estoit seul

Ne veult avecq nous demeurer
Or ne sçayt on quel part tirer
Pour ouyr parler de son nom
Ne ou il se est peu retirer
On ne scait sil est mort ou non
Tant de souspirs et de lamens
Le pere et la mere getterent
Que oncques si grans gemissemens
Parens pour enfant ne porterent
Longue saison pour lui plorerent
Ainsi que nature se acquite
Mais toutesfois rien ny gaignerent
Car en fin il mourut hermite
Plus de leur lamentacion
Ne parlerons pour maintenant
Mais nous fault faire mension
De fiacre le bon enfant
Qui des paines endura tant
De griefz tourmens et de moleste
Qui est de cest heure regnant
Lassus en la gloire celeste
Durant sa glorieuse vie
Quil estoit en son hermitaige
Il fit tant parmi toute brie
De miracles que ce fut rage
Il nestoit medecin si saige
Ne si elegant en beaux termes
Qui sceust garir par quelque ouurage
Si bien quil faisoit les enfermes

A lui venoient les frenetiques
Du tout parturbes de leurs sens
A lui venoient paraletiques
Et gens malades en tous sens
Chancreux a milliers et a cens
Venoient a lui de toute terre
Pour auoir remedes de sens
Du mal qui les tenoit en serre
Gens plains de filz et graueleux
Venoient a lui toute saison
Gouteux tramblans roigneux lepreux
Pour auoir de lui garison
Sans faire aucune garnison
De oignement du monde qui soit
Seullement par son oraison
Toutes maladies garissoit
Gens aueugles muets et tors
Esrompus meurdris et gastes
Debilitez de tous leurs corps
Venoient a lui de tous costes
Si tost quilz estoient presentes
Deuant lui pour demander aide
Il leur restauroit leurs santes
Soudain. et y mettoit remyde
Tant de beaulx miracles notables
Dignes de commandacion
Il fist par prieres vaillables
Que se fut admiracion
Si que toute lamation

Descosse dibernie ditlande
Dont il print sa creation
En ont obtenu glore grande
¶ Apres ce que le bon hermite
Eut vescu bien et chastement
Par vne maladie subite
Fut prins si que finablement
Par le mal successiuement
Son corps fut agraue si fort
Quil paia a dieu doulcement
Le dernier tribut de mort
¶ A son trespasser glorieux
Digne de grant magnificence
Tous les benois anges des cieux
Allerent faire comparance
Qui lesprit de grant excellence
Lassus en paradis porterent
Deuant dieu et son assistence
Qui tous grant ioye demenerent
¶ Moult de miracles apparurent
Apres son sainct trespassement
Sus tous les malades qui furent
Quant on fist son enterrement
Ons ouyoit en ler clerement
Voix et doulx chans armonieux
Chanter melodieusement
En la saincte gloire des cieux
¶ Apres que son corps inhume
Fut ainsi quil apartenoit

Tant fut ou pais renomme
Que chascun grant conte en tenoit
Tout le monde vers lui venoit
Pourtant que dessus son tombeau
Par chascun iour il aduenoit
Aulcun miracles de nouueau
¶ Finablement auctorise
Fut son nom que de par leglise
Son sainct corps fut canonise
Comme droit est que on canonise
Et sus lui vne fierte mise
Par vng euesque de meaulx close
Et se canicaniquement assise
En quoy son digne corps repose
¶ Des grans miracles innumerables
Qui si font et qui si sont fais
Ce sont choses innumerables
Tant y en a eu aultresfois
De bochus et de contrefaiz
De playes de fis de mauronictes
De chancre mengies et deffais
Qui sont retournes sains et quites
Ons a veu gens tous enragies
Urlans que cestoit grand pite
Deuant sa fierte tous rengies
Qui la recouuroient leur sante
Daultres malades a plante
En ce lieu ont este garis

Mais vng faict sera raconte
Dune bourgoise de paris
¶ Ceste bonne parisienne
Femme preude de sens garnie
Femme rassise et ancienne
Eut vne fois daller enuie
Au lieu de sainct fiacre en brie
Pource que les gens en disoient
Que de chascune maladie
Les beaux miracles si faisoient
¶ Ceste bourgoise supplia
A son mari quil lui menast
Tresuolentiers lui octroia
Son dist mari quelle y allast
Pour veu que auec elle portast
Deux petis enfans quilz auoient
Et au sainct les recommandast
Ainsi que faire le debuoient
¶ Ainsi a chemin se bouterent
La bourgoise et son mari
Et les deux enfans quilz monterent
Sus vng cheual et tout seri
Allerent iusques a lengni
Ainsi que faire le conuint
La eurent le cueur bien marry
Pour la fortune qui aduint
¶ En ce point quilz passoient
De marne la riuier
Et que point ny pensoient

Mais faisoient bonne chiere
Le cheual par desriere
Sus vne arche faillit
Par si rude maniere
Tout dedens leau saillit
¶ Lors les deux gens vaillans
Voyans presque noyes
Leurs deux petis enfans
Furent fort desuoyes
A deux genoulx ploies
Saillirent sur la terre
Et se sont aduoies
Sainct fiacre requerre
Helas disoient iceulx
Estans en grant soucy
Fiacre glorieux
Aies de nous merci
Ramene nous icy
Noz enfans sil te plaist
Ou aultrement transsi
Nostre poure cueur est
¶ Or menoit en ce lieu
La mere douleur forte
Disante pleust a dieu
Que present fusse morte
Quant ie voy en tel sorte
Mes deux enfant mourir
Fiacre ie te exorte
Vueilles moy secourir

Sainct fiacre entendit
Leur bonte de courage
Et leurs enfans rendit
Quil fist venir au age
Jusques sus le riuage
Sans quelque lesion
Encourir ou dommage
Par sa protection
Quant le pere et la mere
Virent deuant leur yeux
Faire si beau mistere
Regarderent les cieux
Disant dieu glorieux
Bien voyons cy deuant
Comme est vertueux
Fiacre ton seruant
Les enfans le cheual
Les gens de bien trouuerent
Sans auoir aulcun mal
Dont dieu remercierent
De la oultre passerent
Tant ioyeuse que fut rage
De les veoir et alerent
Parfaire leurs voyage
Le voiage parfaict
A paris retournerent
La ou ce noble faict
Aduenu raconterent
Et partout publierent

En tous lieux hors et ens
dont fiacre louerent
Tous les parisiens
Plusieurs aultres belle facons
Faisoit.mais dune parleron
Cest dune femme de soyssons
La cite ou de lenuiron
de laquelle nous escriron
Les tourmens merueilleux et fors
Pourtant que sept ans ou viron
Eut vne culleuure en son corps
Ceste femme ainsi tormentee
de ceste belle serpentine
Fut es mains de mire boutee
Pour la guerir par medicine
Mais oncques herbe ne racine
Quelle quon la peust demander
Tant fust el precieuse et digne
Ne lui peurent de rien aider
Sept ans fust en ceste tempeste
La femme qui onc narresta
A locasion de la beste
Qui en ce point la tempesta
Toute sa richesse bouta
Pour cuider auoir deliurance
Mais tout ce quon lui apresta
Ne lui fist aulcune allegance
Cest femme ainsi tormentee
Par la beste de venin plaine

Fut de fiacre admonestee
Et lui dist on chose certaine
Que selle ifaisoit sa neufuaine
Et son cueur enuers dieu vertist
Elle reuiendroit toute saine
Ains que iames de la partist
¶ Lors eut a ce grant volente
La femme et y eut pensement
Car malade requiert sante
Et prisonnier deliurement
Si pria dieu deuotement
Que a son estat voulsist pouruoir
Pour la guerir et que vraiement
Elle iroit sainct fiacre veoir
¶ Le voiage faire promist
Et en grande necessite
De son corps a chemin se mist
Et depuis soyssons la cite
Fist tant auecq sa pourete
Que a sainct fiacre arriua
La ou de grant auctorite
Remede pour elle trouua
¶ Lors que la poure naturelle
Si durement persecutee
Par celle orde beste cruelle
Se fut en leglise boutee
Et quelle eut a dieu presentee
Son ame et son poure corps
Soudain sa douleur fut ostee

Et saillit la beste dehors
¶ Ainsi fut la femme garie
Par le glorieux confesseur
Qui enuers la vierge marie
Pour elle fut intercesseur
Grace lui rendit de bon cueur
Et comme vraye peletine
Car ostee lauoit de douleur
Par art de saincte medicine
Tant de aultres miracles fiacre
A faiz quon ne le scauraye dire
Il ny a chancreux ne pouacre
De qui il ny soit le droit mire
Qui tous ses miracles descrire
Vouldroit particulierement
Langue nest qui y peust suffire
Au monde ne entendement
Plus nen mettrons que vng seullement
Dung roy engloys qui vint en france
Qui par quelque aduertissement
Eut de fiacre congnoissance
Qui voulut monstrer sa puissance
Et mener a force de guerre
Fiacre au lieu de sa nayssance
Deuers le parti dengleterre
Force de gens fist assembler
Lesquelz il mena nuitamment
Esperant le corps sainct embler
Et lemporter secretement

Mais dieu le promist aultrement
Car onc pour chose quon peust faire
On ne le sceut aucunement
Hors de son territoire traire
Et porter se laissa iusque au bors
De sa terre. Mais cent thoreaux
Ne len eussent pas tire hors
Ilz y perdirent leurs travaulx
Lors commanda a ses heraulx
Le roy quon lui feist amener
Quarante roussins les plus beaux
Que len scauroit ymaginer

Cõment le roy dengleterre cuida enlever par force le corps sainct fiacre.

¶ Les cheuaulx furent amenes
Et pour tirer a la charette
De cordage bien ordonnes
Ainsi que a ce faict il compette
Mais onc pour chose qui fust faicte
Les cheuaulx ne se desmarcherent
Mais ainsi que vne busche droitte
Deuant la fierte demeurerent
¶ Adonc le roy tout forcenant
Quil nauoit point execute
Ce quil estoit entreprenant
Sen retourna en la cite
De meaulx ou il fut tourmente
Du mal sainct fiacre et esprins
Pour la mauuaise voulente
Que vers lui auoit entreprins
¶ Ainsi le sainct corps on loga
En son glorieux oratoire
Dont oncques puis il ne bouga
On en doit bien faire memoire
Car tant de vertus en lhistoire
De lui sont racontees et leuez
Jay dit et plus encore
Cent mille fois que ie nay veues
Mais pour present il nous suffi
Pour scauoir les poins principaulx
Que le bon sainct fiacre fist
Du brueil en leueschie de meaulx
En priant que de tous maulx

Il vueille garder et franchir
Tous les bons crestiens loyaux
Qui deuant lui se iront offrir

Oraison de sainct fiacre

Beate cristi cōfessor fiacri ecce nomen tuum fulget per secula. petimus ergo vt tuis sacris precibus iuuari mereamur a domino. V. Ora p nobis beate pater fiacri. R. Vt digni efficiamur promissionibus cristi. Oratio.

Misericordiam tuam nobis domine interueniente beato fiacrio confessore tuo clementer impende, et nobis peccatoribus ipſius propiciare ſuffragiĩs. Per dominum noſtrum.

Cy finiſt la vie et legende de ſainct fiacre en brye. Jmprimee a Paris par denis meſlier.

www.ingramcontent.com/pod-product-compliance
Lightning Source LLC
LaVergne TN
LVHW012022160826
845678LV00002B/980

* 9 7 8 2 3 2 9 6 4 6 2 7 5 *